KB202837

눈물로 시를 쓴다

박흥락 제2시집

삶의 끝자락에 서서 눈물의 씨앗을 뿌려
"시"라는 행복의 열매를 거두는 박홍락 시인

아픔 없는 삶이 어디 있을까? 살아가다 보면 기쁨도 있지만, 견딜 수 없을 만큼 고통스럽고 힘겨운 나날이 있다. 다시 설 수 없을 것 같아도 또 우뚝 일어나는 것이 인생이다. 박홍락 시인은 저물어 가는 황혼의 언덕에 서서 힘겹지만, 다시 떠오르는 밝은 태양을 기대하면서 펜 끝에 삶의 희로애락을 담아 지면 위에 마음껏 써 내려갔다.
시인의 펜 끝에서 뿜어져 나오는 글자는 살기 위한 몸부림이었고 소리 없는 아우성이었다. 그렇게 하나둘 써 내려가다 보니 어느새 '시'라는 열매가 열리고 그 열매는 가지각색의 맛으로 향기를 냈다.

시인은 '시'라는 열매를 한곳에 모아 세상에 내놓았다. 그렇게 출간된 것이 "울려고 시를 쓴다" 제1시집이다. 제호처럼 박홍락 시인은 1시집 출간 후 기뻐서 울었고 혼자가 아닌 속 깊은 마음을 이야기할 수 있는 친구가 있어 울었다. 그리고 같이 공감할 수 있는 독자가 있어 기쁨으로 울었다.

박홍락 시인은 1시집 출간 후 좀 더 밝아진 마음으로 그리고 더 넓은 시각으로 삼라만상(森羅萬象)을 바라보면서 독자에게 한층 더 가까이 다가갔다. 그러면서 누구나 이해하기 쉽게 삶의 이야기를 꾸준히 써 내려갔다. 그리고 깊어지는 가을에 행복의 열매 "눈물로 시를 쓴다" 제호로 제2시집을 출간하게 되었다. 시인은 시를 쓰는 것이 마냥 좋고 즐겁고 행복하다고 했다. 그 마음 독자에게 그대로 스미길 바라면서 박홍락 시인의 "눈물로 시를 쓴다" 제2시집을 추천할 수 있어 기쁘다. 많은 독자의 가슴에 희망의 꽃으로 피어나길 바란다.

(사)창작문학예술인협의회 부이사장 박영애

시인의 말

인생의 후반이라고 생각이 들어
속세의 무리에서 떨어져 혼자 외롭게 멍하니 살다가
소풍 가겠지 생각들 때 시를 만났다.

시를 알고 시와 놀이를 하고부터는
혼자가 아니었다.

시란 선을 긋고 선 위에 올라타면
세상 어디든 갈 수 있고
누구든지 만나고 무슨 이야기든지 할 수 있고
글로 남길 수 있어서 좋았다.

쓸쓸한 가을바람 같은 나이였는데
그냥 외롭고 슬픈 나이였는데
시를 만나서 즐겁다.
오늘도 시를 쓰기 위해 눈물에 펜을 담근다.

@ "울려고 시를 쓴다" 출판 후 생각해 보니
혼자서 외롭고 쓸쓸할 것 같아서
동무하나 만들어 주고 싶어서
"눈물로 시를 쓴다" 출판합니다.

시인 박흥락

* 목차 *

* 목차 *

* 목차 *

* 목차 *

QR코드 스마트폰으로 QR 코드를 스캔하면 시낭송을 감상할 수 있습니다

제목 : 너도 울고 나도 운다
시낭송 : 박영애

영상은 YouTube 정책 또는 운영 관리에 따라 삭제될 수도 있습니다.

시인은 자연을 이야기하고 시낭송가는 자연을 품었다
글자는 날개를 달아 언어로 날고 소리는 자연에 눕는다

너도 울고 나도 운다

따사한 봄바람이
옷깃을 잡고 놓지 않을 때
커피향기도 그대를 그리는 그리움처럼
나를 안고 놓지 않는다

내 마음의 그리움도
그대의 보고 싶음도
내 가슴속에 묻혀서
하루 이틀 곪아가고 있다

밤새워 바람이
바위를 때리는 소리에
억새도 울고
들풀도 따라서 울고 있다

이른 아침
들꽃들도 너무 울어서
눈물방울들이
이슬처럼 매달려 있다.

제목 : 너도 울고 나도 운다
시낭송 : 박영애
스마트폰으로 QR 코드를 스캔하면
시낭송을 감상할 수 있습니다

문고리에 달빛 매달고

찬바람 불어
마른 잎새도 다 떨어진 헐벗은 산

가을걷이한 들판에
듬성듬성 깔려 있던

볏짚도 없어져
허전하다 못해 쓸쓸하다

나그네 가슴엔
한 톨 남은 사랑마저 그리움으로 변하여

빈 가슴엔 그리움만이
꼭꼭 눌러 채워진다

봄은 언제쯤 와
가슴 따뜻하게 채워줄까?

찬바람 불어
못 올까 봐!

오늘 밤엔
문고리에 별빛 매달아 어둠 밝히고

문고리 달빛 매달아
따뜻하게 데워 놓아야겠다.

비우고 가볍게 살자

서산에 구름은
붉어지고 싶어 붉어지나

나는 늙고 싶어
늙어지나

구름은 해넘이 때문에 붉고
나는 세월 흐름 때문에 늙는다

구름은 해와 헤어질 때
이쁘게 보이려고 붉어지고

나는 떠나면서
흔적 남기려고 악다구니 쓴다

이왕 가는 거
비우고 가볍게 가자

넌 좋아도 난 아프다

가을엔!

추억 쌓는다고
단풍잎 밟지 마라

밟히는 단풍잎
온몸 부서지며 아파서 운다

사그락 바싹
사그락 바싹～～～

나 혼자 왔네

세월은 꼼짝 않고 그 자리에 그대로인데
나만 정신없이
뛰고 또 뛰어서 왔네

온몸에 단풍이 물들고
벌레들 군데군데 물어뜯겨
구멍이 숭숭 난 다음에

뒤돌아보니 세월은 저만큼
뒤쪽에서 나보고
빙그레 웃고 있네

모자도 바람에 날려가고
신발도 너덜너덜하며
같이 온 사랑도 없고

그냥
외로움과 그리움만
손잡고 여기까지 왔네

어떻게 하나
뒤돌아 갈 수도
가는 길도 모르는데.

반은 남기고

초승달이
구름 속에서 얼굴 반쯤 내미는 날

툇마루에 앉아서
막걸리 반 잔 따라 놓고

구름 속 반달이 잔 속에서
오롯이 앉아 나를 바라볼 때쯤

두 손으로 받쳐 들고
입을 반쯤 벌리고
눈을 지그시 감고

눈가에 눈물이
흘러내릴 때쯤
반 모금만 마시고 싶다.

가을은 그렇게 떠나가네

대문 앞에서
빨간 립스틱 바르고 입 헤벌리고

그대 오기만을 기다리는
우체통처럼

길게 늘어진 그림자 밟고
그대 소식 기다리네

골목길 스산한 바람이
그리움 몰고 와

헤 벌려진 입속으로
새어 들어오면

트럭 바퀴자국처럼
그리움의 자국이 가슴에 남네요

가을은 또 이렇게
그리움만 남기고 떠나가네요.

가을바람이 불면

가을바람 살랑살랑
나뭇잎 춤추게 만들면

내 가슴은 어느덧
단풍 들어 그대 향하네!

머릿속은 산 위 정상에 앉아
먼 산 바라보며 그대 그리워한다.

그대가 내 가슴
단풍 들게 했는데

이제는 흘러가는 세월이
내 가슴을 단풍 들게 하네.

가을바람이 너무 차가웠나
바람 스쳐 가면 눈가에 이슬 맺히네.

가을비

하루 종일 처마 끝에
매달린 당신

조그마한 그리움이 커져서
빗방울 되어 흐르네

그리운 목소리로
그대 부르네

부르고 또 불러도
그리운 그대는

가슴속 깊이 두 주먹 움켜쥐고
흐느끼고만 있네

당신은 밑으로만 떨어져
소리 지르며 흘러 흘러가네

가슴에 쓸어 담고

지난밤 그리움에 지쳐 스러져 잠든 사이
그대가 별빛 타고 웃으며 내게 왔는데!

꿈이었나 봐!

이른 새벽
가을마당에 쓸쓸하게 서성이다가

지나가는 소슬바람에 부탁하여
밤새 쏟아져 내려 마당 가득한 별빛을

그대인 양 쓸어 모아
가슴에 담는다

동트는 먼 하늘 바라보니
그대의 붉게 물든 눈동자가 하염없이 나를 쳐다보네!

가을비 오면 운다

하늘도 구름에 얼굴 가리고
그대 보고파서 눈물 흘리는 날

가슴도 그리움에 떨며 운다
단풍잎도 풀잎도 눈물 매달고

벼 이삭도 고개 숙이고 한 방울
언덕배기 구절초 꽃잎도 한 방울

한 방울 두 방울 떨어져 발등 적시면
모두가 마음 놓고 운다.

하늘은 천둥소리로 울고
땅은 눈물 떨어지는 소리에 슬피 운다.

가을 산책

시 주우러
내장사에 왔네

여기저기
단풍이 지천이네

빨간 잎 사이에 누가 버리고 간
빨간 먹물 주워 들고 시 한 수
끄적이려고 하네

뚜껑 열고 먹물 부으니
파란 통에서 향긋한 냄새 풍기며
소주가 나를 유혹하네

시는 내일 줍고 오늘은
가을 풍경 삼아 풍류나 즐기자고 하네

얼씨구!
핑계 삼아 주저앉아서

이 가을 가기 전에
단풍잎 다 떨어지기 전에

소주잔 기울이네

가을 속에 숨어버린 사랑

그대랑 같이
손잡고 나누던 사랑

어느 곳에 흘러 버렸는지
어디에 숨어 버렸는지

이 아름다운 가을에
솔솔 부는 솔바람 따라

붉은 단풍잎 하나둘 들춰보고
조약돌 하나둘 가슴에 품어보고

소라껍데기 흔들어 보지만
꼭꼭 숨어서 내 마음 애태우네

내 가슴
가을 단풍에 붉게 물들고

석양에 덧칠 당해
핏물 같은 가슴 안고

오늘 밤도
그대 그리며

이리 뒤척 저리 뒤척
잠 못 이룬다

갯바위에 조각난 가슴

이른 새벽 남해 바다
저 멀리 안개 속 섬들은
돛단배처럼 구름 속에 노닐고

돛단배 사이로
조그마한 배들이
낙엽처럼 파도에 밀려서 출렁이네

갯바위에 앉은 나그네는
바위 때리는 파도 소리에
나그네 가슴도 맞아

하얗게 하얗게 포말 일듯이
그렇게 신음 소리 내며
산산조각이 난다네.

가을의 울음

쓸쓸한 가을바람은 내 마음 싣고
갈대숲 속에서 소리 없이 울고

흘러가는 계곡 물속에서도
소리 참아가며 흐느껴 우네

따뜻한 모닝커피 속에
쓸쓸한 가을 경치 모아 넣어

눈 지그시 감으며
입술에 모아보니

가슴속에서
우러나오는 설움인지

지나가는
가을바람의 슬픈 울음인지

입에서 흘러나오는
흐느낌 때문에

커피의 쓴맛도 단맛도
느낄 수가 없네

오늘도 그렇게 석양의 붉음을
내 가슴에 아로새기며

지나가는 세월에 묻혀
헛웃음만 낸다.

가을이 오면

가을이 오면
단풍 물드는 소리에 잠 못 이루고

그대 그리는 내 마음도
한 점 한 점 붉은 점 만들고

붉은 점 그리움에 녹아내려
단풍으로 변하면

가슴속 더 깊숙이 파고들어
한 점 한 점 붉은 구멍 만들고

구멍 사이사이로
찬바람 솔솔 지나가면

허한 몸뚱어리 오늘도
바람 한 점 움켜쥐지 못하고

가슴 사이로
다 흘려보낸다.

걷다가 잠든다

걷는다 끝도 없이
추억이 깃든 거리
생각 없이 걷는다

헤맨다 그 거리를
그대 손 잡고 거닐던 거리
허전하게 빈손으로 걷는다

두 주먹 불끈 쥔 손엔 추억만 가득하다
움켜쥔 주먹에서
그리움이 넘쳐흐른다

그리움이 골목 가득하다
질퍽질퍽한 그리움 밟고 걷는다
비틀비틀 걷는다

그리움의 늪 속으로 빠져든다
늪 속으로 주저앉는다
편안하다 스르르 눈 감는다

입가에 미소가 퍼진다
행복하다
편안하다
조용히 잠든다.

당신의 색깔로

깊은 산속 바위 언덕 앞
작은 호수 속으로

소리 없이 빠진
파란 가을 하늘

흰 구름 사이에
끼워진 단풍잎 하나

그 위에 내 마음 두고 가요
당신의 색으로 나를 물들여 줘요

아름다운 당신의 색으로
당신의 맛으로 살게요.

그대 대신

야밤에 잠은 오지 않고
그대 보고픔에 눈만 초롱초롱

드르륵 미닫이 열고 보니
마당 끝자락에 걸린

그대 닮은 초생달은
마당 가 수돗가에서 얼굴 씻고

별빛은 스산한 바람에 실려와
수돗가 감나무에 걸려

까치밥 대신 걸터앉아서
그대 대신 나 바라보네.

그대 내 눈물 보고 오세요

봄도 가고 가을도 지나가는데
찬바람이 파도처럼 일렁이는 날

골목길 끝자락에 들꽃이
가냘프게 흔들리며 울고 있는 날

따끈한 커피 한잔 앞에 두면
그리움으로 배가 채워지네

마음속에 그리움의 독소를
뽑아내는 것이 눈물이라면

내년 봄에는 산천에 피는 들꽃마다
아침 이슬 대신 눈물 발라 놓아야지

아침 해 뜨고 반짝반짝 빛날 때
그대가 보면 내 마음 눈치채겠지

그리움 문질러 보면

꽃향기 한 움큼 쥐고
코끝에 문질러 본다

꽃향기가
코끝을 콕콕 찌르고

그리움이 스멀스멀 올라와
눈가에 이슬 만들고

서산에 넘어가는 해는
붉은 황혼길 만드네!

지나가는 시간 잡고
그리움 문질러 보지만 지워지지 않고

더욱 또렷해지며
눈물방울만 굵어진다.

가을이 오나 보다

매미도 소리 죽여가며
힘 빠진 목소리로 운다

더운 바람도 옆구리에
부채 끼고 지나간다

흰 구름도 높게 더 높게 가을바람 앞세우고
어슬렁어슬렁 따라간다

코끝을 스치는 바람도
가을 냄새가 묻어서 상쾌하다

벼 이삭도 살포시 고개 숙이고
소리 없이 명상에 잠긴다

귀뚜라미 울음소리가
귓가에 들려오니 가을인가 보다

가을 왠지 모르게 배가 부른 것 같고
부자 된 느낌이 든다

지나가는 가을바람 한 아름 안고
덩실덩실 춤이나 춰야겠다.

그대로 두자

싫다고 간 것
그리워하지 말고 잡으려 말자

스쳐 지나간 것은
시간 속에 묻어 두자

그리움은
그리움 속에 묻어 두자

그리운 것
다 그리워하면

사랑만 남잖아!

나그네의 걱정

구름은 해를 가리고
천둥은 구름을 뚫으려고
소리로 천지를 호령하고

번개는 약속도 없이
창을 때리고

소낙비는 양철지붕을
천둥소리보다 더 요란하게
따발총 쏴대고

양철지붕 처마에서 떨어지는
빗방울은 댓돌을 쳐대는데

나그네는 방 안에서
이러지도 저러지도 못하며 서성대네

그대 천둥소리 번개 빛에 놀라서
가슴을 쓸어내리지는 않는지요

나그네는
그대 걱정이 먼저라오.

그대여 오소서

눈 감아도 그대가 보이고
눈뜨면 모든 사물에 그대가 겹쳐 보인다

내 안에는
그대 가득하다

잊으려고 잊어버리려고
발버둥 쳐도 잊을 수 없는 그대여

아침 해 뜨면 햇빛 타고
달 뜨면 달빛 타고 오셔서

외로운 내 가슴을
따듯한 사랑으로 감싸주소서

사립문 열어놓듯이
가슴 활짝 열어놓고 기다릴게요

밤이나 낮이나
그대 마음에 드는 시간에 오소서.

그렇게 사라지자

아침 찬바람에 몸이 움츠러들고
입맛 없어 조금 먹으니 밥 주머니 줄어들고

그리워서 그대 생각에 마음이 움츠러들고
세월이 나를 짓눌러서 몸도 움츠러든다.

다들 나를 짓누르네
이리 짓눌리고 저리 짓눌려서

콩알보다 더 작은 깨알같이 되다가
이곳에서 영원히 소풍 가겠지

갈 때는 아무도 모르게 소리도 없이
솔바람이 갈대숲을 빠져나가듯이

핫바지에서
소리도 없이 빠져나가는 방귀처럼

소리도 없이 색깔도 없이 흔적도 없이
그렇게 사라지자.

기다림 2

하루 이틀 사흘 지나고
한 달 두 달 석 달 가고

꽃이 피고 지고
단풍이 물들고 떨어지고

눈이 오고 상고대가
햇빛에 사라지고

손가락 하나둘 접다가
주먹 쥐고 눈물 훔쳐내도

그리운 그대는
편지 한 장 소식 한 통 없네.

이 몸 낙엽처럼 뒹굴다가
소리 없이 사그라들어야

그때 나타나서
이리저리 찾으려나.

낮에 나온 반달처럼

그대여!
그대도 낮에 나온 반달처럼
가끔은 얼굴 한번 내밀어 봐요

그대는 나에게
밤이고 낮이고
내 가슴속에서만 나오지 말고

가끔은 구름 속에서 낮달이
얼굴 내밀어 방긋 웃듯이
가끔은 찾아주세요

낮이나
밤이나
나에게는 상관없어요

밝으나 어두우나
달빛 속이나 비 오는 날이나
두 팔 벌리고 그대 맞을 준비됐어요

시간 되는 대로
마음 내키는 대로
벌린 두 팔 사이 가슴에 안기세요.

그대 모르게

봄바람에 머리 감고
봄빛으로 머리 빗고

봄 향기로 화장하고
별이 반짝이는 밤이 되면

흘러가는 구름 타고
그대에게로 가리

그대여!

이 밤에
나 그리워 잠 못 들고

이리저리 뒤척이지 말고
포근히 잠드소서

그대 잠들면 살포시 가슴에 안겨
그대 숨소리 듣다가

아침 해 뜨기 전에 그대 모르게
그대 향기 한 아름 안고 떠날게요.

그대를 몰랐더라면

그대를 왜?
가슴에 담았을까?

이렇게 그리워질 줄 알았으면
그대 쳐다보지 않았을 텐데

이렇게 아파질 줄 알았으면
그대 가까이하지 않았을 텐데

이렇게 가슴이 따가운 줄 알았으면
그대를 가슴에 담지 않았을 텐데

이렇게 그리워서 잠이 오지 않을 걸 알았더라면
눈 감고 그대 스칠걸

이별이란 단어를 미리 알았더라면
만나지 않았을걸

사랑이란 단어를 몰랐더라면
외로움 그리움 슬픔이란 단어도 몰랐을 텐데

그대를 몰랐더라면
그대를 몰랐더라면

꽃잎 우는 밤

밤마다
눈물 매달고 밤새워 우는
꽃잎 하나

나도 밤이면 밤마다
그대 그리며
눈가에 영롱한 이슬 맺혀

이슬 속에
그대의 얼굴 가둬두고
가슴속으로 아로새기네

오늘 밤도 꽃잎이
눈물 달고 흐느낄 때
나도 눈가에 이슬 매달고

밤새워 그대 그리며
가슴속에 그대 아로새기며
이 한밤 지새운다.

나그네는 빈손으로 떠나요

스쳐 지나가는 계절도 나그네
쓰다듬고 떠나는 바람도 나그네
귓전을 지나가는 소리도 나그네
나 역시 지구에 왔다가 가는 나그네

떠날 땐 육신만 두고 영혼만 가는데
싸우지 말고 오손도손 살다가
웃으면서 떠나요

용서하고 웃고
보듬으면서 살아요
갈 때는 육신마저 두고 영혼만
떠나는데 갖고 갈 것이 없어요

손이 가벼워야
미련 없이 갈 수 있어요
모든 것 내려놓고 빈손으로 살아요

나그네가
쉬었다 가면서
물건을 훔쳐 갈 수 없잖아요.

바닷가에서

바람도 없고
햇빛만 쨍쨍한
바닷가 백사장에

귀 처박고 듣네
그대랑 왔을 때
속삭이던 사랑의 언어들

혹시 모래밭에 떨어진 것 있나
귀 기울이고 들어보네
한참을 엎드려서 듣고 또 들어봐도

사랑의 언어들 파도에 씻기고
조약돌에 부딪혀서 닳고 짓눌려서
그리움으로 변해버렸네

누가 볼세라 백사장에
그리움의 눈물 한 방울 떨어뜨리고
말없이 돌아서는데

바닷바람이
얼굴 어루만지고는
말없이 도망간다.

바람(바램)

머리 위에
단풍잎 떨어지고

손끝에 물의 차가움이
느껴질 때면

가슴속 그리움도
고드름 되어 떨어지려나

그때가 되면
외로움이 와서

그리움 손잡고
데리고 가겠지?

바람개비

그대 그리울 때면
가슴속 바람개비는
뱅글뱅글 돈다

비가 오면 촉촉하게
바람 불면 정신없이
돌고 또 돈다

걸을 때도 쉴 때도
잠잘 때도 그냥 돈다
꿈속에서도 돈다

바람개비는
바람이 불 때만 도는데

가슴속 바람개비는
바람 없이도 돈다.

빈손

빈손 움켜쥐고
울면서 왔다
빈손으로 살아가는데

원수 같은 님이 나타나
빈손에다가
가락지 하나 끼워 구속하네

소풍 갈 때는 빼버리고
빈손으로 가는데

구속하지 마라
사랑이란 두 글자에 가두지 마라

울면서 왔다가
웃으며 살다가
웃으며 갈련다.

선인장 같은 사랑

붉은 단풍잎
솔바람에 떨어지던 가을날

그대가 던져준 사랑
가슴으로 받아

사랑의 새싹 틔우려고
봄에 열어보니

가슴을 콕콕 찌르는
선인장 같은 사랑이었네요

사랑은 사랑은
아픔도 있나 봐요.

비 맞는 꽃

애처로워 생각 마라

꽃도 씻어야 아름답다.

홍시 하나

찬바람
몰아치는 날

돌담 넘어 감나무 끝자락에
붉게 물든 홍시 하나

햇빛이 따사해서 속까지
다 드러내 놓고 흔들린다

외롭게
매달려 있는 홍시야!

힘들어도 떨어지지 말아라
까치야 배고파도 따 먹지 마라

홍시 너마저 없어지면
쓸쓸한 이 겨울 누구랑 보내냐?

내 마음 너랑 같아
너 떨어지면 나도 떨어진다.

희망

가슴속에
답답하게 막혀 있는
실타래 풀자

그리움 한 올 한 올
외로움 한 올 한 올
풀어내어서

코바늘에 두 겹 고이 끼우고
위에서 찌르고
아래서 찌르며

그대의
목도리 하나
뜨개질해야지

그리움과 외로움이
겹겹이 쌓여서
포근한 목도리 되겠지

마무리는 고독의 눈물 발라
끝맺음하고
그대 만나면 줘야지

찬바람 불 때도 못 만나면
내년 생각하며
털장갑도 하나 만들어야겠지.

아카시아꽃 피면

연초록빛이
진초록으로 바뀌는 오월이 오면

큰 코 벌렁벌렁하고 싶은
아카시아 꽃향기가

가슴으로 스쳐 지나가면
한 마리 벌이 되어

그대 향기 품은 아카시아꽃 속으로
들어가서 그대의 마음 훔치고 싶다

아니면 꿀 속에 빠져서
평생 허우적허우적 거리고 싶다.

요란 떨지 말자

매미 울음소리 안 들리고
뭉게구름 하늘 높이 보이면

나뭇잎도 갈 길을 알고
저마다 이쁘게 꽃단장하는데

천 년을 살 것처럼 하다가
준비 없이 추하게 떨어지지 말자

빈손으로 왔다가 빈손으로 가는데
곱게 이쁘게 흔적 없이

온 듯이
안 온 듯이 있다가

가는 듯
안 가는 듯이 사라지자.

황혼 따라갈 것을

안개 자욱한 이른 아침에
커피 한잔 들고
이슬로 세수한 연꽃잎에 앉아

두 눈 껌벅이는 한 마리 개구리 되어
연꽃잎 나룻배 삼고
홍련 꽃대 연등 삼아
커피 한 모금 입술에 축이니

혼자서 너무 외롭구나
물속에 비친 구름에
말 걸어 본다

여보시게 지나가는 나그네여
커피 한 모금 나누어 마시게나

구름은 말없이
바람 따라 지나가는구나

나
또한 황혼 따라 말없이
사라질 것을 무엇을 탓하리오.

흔들어 봐요

흔들어 봐요
마음을 흔들어 봐요

흔들다 보면
그리움도 외로움도 나와요

흔들어 봐요

흔들다 보면 그리움과 외로움 사이에서
가끔은 사랑도 흘러나오겠지요

흘러나오는 사랑은 하나하나
가슴속에 넣어 놓아요

주워 넣다가 가슴이 찢어질 것 같으면
그리움으로 살포시 막아 놓아요

그리곤 가만히 말없이
두 눈 감고 흐르는 눈물방울 속에서

그대가 보이면 살포시 입가에
미소 지으면 행복하실 거예요

그리곤

흔들지 마세요
흔들면 그대가 사라져요.

흔적 없어요

강 건너 노오란 개나리꽃이 손짓하고
붉게 온몸 물들인 박태기 꽃도
어서 오라고 손짓하는데

바위에 걸터앉은 그대는
꼼짝 않고 흘러가는
개울물만 바라보네

유혹하는 꽃들은 내년에도
그 자리 그대로 피어나지만
개울 물은 한번 가면 오지 않고
흘러가면 그만인데

꽃은 향기 남기고 떠나고
물은 소리만 두고 가는데
그대는 무엇을 남기고 가려는가

그대가 앉은 바위는
그대 떠나도 흔적도 없다네.

비 오는 날에는

비 오면 좋다고
난 빗소리 좋아한다고 하지요

번개 치고 천둥 치고
검은 구름 밀려오면

빗소리 들으려고
양철지붕 헛간으로 간다오

나 대신 눈물 흘리는 비가 좋고
나 대신 소리쳐 주는 양철지붕이 좋아서

모르는 사람들은
로맨틱하다고 하지요

오늘도 처마 끝자락에서 떨어지는
낙숫물 댓돌에 처박힐 때마다

가슴속에는 그리움이 용솟음쳐요
그렇게 난 그리운 사람 생각하네요.

세월아, 버려다오

세월아
네가 버렸다고
울지 않을게
원망하지 않을게
보고 싶어 하지 않을게

세월아
우리 헤어지자
제발 버려다오
난 네가 싫다
넌 싫다는 날 옆구리에 끼고 가냐

세월아
많이 사랑하면서
여기까지 왔잖아
이제는 따로따로 살자
멀리서 쳐다보자.

나 대신 울어라

어디에선가 소리 없이 나타난 뭉게구름
검게 변하여 하늘을 가리고

우르쾅 쾅 소리 지르며 눈물 뿌릴 때
미친놈처럼 바닷가 백사장으로 뛰어간다

바닷바람이 울렁거리는 바닷물 안고
갯바위에 드러누우면

갯바위는 싫다고
거품 물고 소리 지른다

비 오는 날 바닷가에는
나 대신 울어주는 갯바위

나 대신 눈물 흘려 주는
백사장 있어 좋다.

입술에 묻은 그 이름

서산을 붉게 물들인 저녁노을이
돌담을 어루만지고

돌담 그림자가 발등을 덮을 때
가슴속에 숨겨둔 그대의 이름이
스멀스멀 올라와 눈물샘을 훑고 지나가네

여명이 돌담을 어루만질 때까지
어둠 속에서 목메이게 그대 이름 부른다

아침 해가 돌담을 때려도
입술에 묻은 그대의 이름은 떨어지지 않네

오늘도 흐르는 세월 속에서
그리움과 씨름하네.

외쳐본다

서쪽 하늘 조개구름이 붉게 단장하고
나를 유혹할 때

지리산 천왕봉에 걸터앉아
붓 한 자루 움켜쥐고

한라산 백록담에
붓끝을 담근다

분화구 물을
홍건히 찍어

태평양 바다
푸른 도화지에 휘갈겨본다

나~는 나는
행복하다고....

발자국 속엔 눈물 가득

가을이 훑고 지난
텅 빈 뜨락에
풍경소리 가득하고

풍경소리 사이사이엔
간밤에 떨어진 별빛 조각이
엄마 찾아 헤맨다

빈틈 찾아 그리움 꼭꼭 숨겨 두고
그대 잊고자 가슴 털며 떠난다

떠나는 걸음걸음마다
눈물 자국이 발걸음 붙잡는다

잊으려고 잊어버리려고 했는데
가슴속은 그리움 가득하여
터지려고 터져 버리려고 하네

오늘도 그리움 안고 지고
하루를 건너가네.

들꽃은

산능선이에
바람 맞으며
고개 숙이고
피어 있는
조그마한 들꽃

지나가는 바람 따라
걸으면 보지 못한다
예의를 지키며
허리 숙여 봐야
방긋이 웃는다.

손톱 달

달아!
달아!

날마다
작아지는 달아!

사랑스런
너를

내 손톱 끝에 넣고
손톱 달이라 부른다.

그대여

그대는 가을바람인가요
내 가슴 단풍처럼
빨갛게 물들여 놓고 떠나가네요

볼까지 붉어져 어디 못 가게
나를 점 찍어 놓고 가네요

그대여
내 가슴 단풍잎처럼
겨울바람 맞아떨어지기 전에
돌아와 안아 주세요

그대도 가슴 붉게 하고
사랑의 언어 입가에 흘리면서...

가을이 사라진 날

아름답게 물들어
떨어진 단풍잎
바삭바삭 말라 부서져

가루가 되어
바람에 흩날려
사라지는 날

눈물보다 허전함이
가슴에 스며들며
가는 세월에

너도나도
어쩌지 못하고
눈만 껌뻑인다.

꽃 피면 소식 주소서

어스름히 해 넘어갈 때
줄지어 해 따라가는
기러기 제일 뒤쪽 한 놈 붙잡아
꼬리에 이내 마음 매달아서
하늘로 날려 버린다

기러기야
날다가 날아가다가
그대 계신 곳에 다다르면
잠시 쉬면서 내 마음
그대에게 전해주구려

그대도
나 생각나면
꽃 피고 나비 날고
아지랑이 피어오르는 봄날
내게로 소식 전해주시구려.

너 안에 나 없다

내 안에 너 있고
너 안에 나 없어

주는 것은 사랑
받는 것은 그리움뿐이다

혼자 왔다
혼자 가는 인생길인데

비우며
웃으며
잊으며

그렇게 그렇게
걸어가자.

눈 오는 날 받은 편지

그대가 보낸 하얀 편지
하늘에서 구름 타고 와
나에게 배달되네요

한 장 한 장 손바닥에
받아보니 읽기도 전에

그대 사랑이 내 가슴속으로
사르르 스며드네

그대 소식에
그리움 사르르

외로운 내 마음도 사르르
입가엔 미소가 하늘하늘

그대가 가슴으로 보낸 편지
내 가슴에 고이 간직할게요

그대 잘 있다니
내 가슴 행복해요.

능소화

꽃말이 그리움과
기다림이라지

하늘 높이 올라가야
멀리 볼 수 있으니

오르고 또 올라서 그리움 전하고
예쁜 꽃 피워 그대가 올 때까지 기다리네

너는 뜨거운 햇볕 바라보며 꽃 피워
여름 꽃이라고 하나 보다

그리움에 지치고
기다림에 지쳐서 시들면

그리움도 같이 시들어 버릴까 두려워서
망울째 떨어져 햇볕에 온몸 말리네.

검은 문신

그리움에 가슴 태워
검은 눈물 만들어 흘리며

몸뚱어리 곳곳에 문신 새기듯이
그리움의 흔적 만드네

촛불은 온몸 태워 가며
주위를 밝히지만

이 몸은 가슴 태워 가며
그리움만 키워가네.

고운사

일주문 지나
가운루 지나니
그대랑 같이
손잡고 걸었던 길인데

지금은 그대 손 대신
지나가는 바람 손잡고 걸어가네

그대가 사진 찍던 자리엔
조그마한 들꽃이 노오란 꽃향기를 피워올린다

가냘픈 그대처럼
들꽃이 물끄러미 쳐다보며 웃는다

스쳐 지나가는 바람 사이로
그대처럼 꽃잎이 손짓하네.

그대 가슴에 스며들고 싶다

붉게 물든 해
서산으로 넘어가면
눈 감고 그대 품속으로

아침 해 동해에 샤워하고 일어설 때
나도 몽상에서 깨어나
부시시 눈 뜨고 일어난다

오늘 같은 날엔
살포시 사라져 그대 가슴에
스며들고 싶다.

낙숫물에 젖은 그리움

낙숫물에 그리움도 젖고
추억도 다 젖어서
다음 장을 넘길 수가 없네요

그대와의 아름다운 사랑이
다음 페이지에 있는데

오늘 내린 빗물에 추억이 다 젖어서
그대와의 사랑도 젖은 페이지에 있어서
볼 수가 없는 추억이네

이렇게 추억 서린 사랑이
빗물에 씻기어 가나 보네요

비 오는 날은 떨어지는 낙숫물에
가슴도 추억도 그리움도
비에 젖어서 찢어지네요.

달 뜨면

동산에 보름달 뜨고
그대 오시면

보름 달빛 혓바닥에 적셔
달빛처럼 부드럽게

사랑한다고
그대 귓가를 적시고 싶다.

뚜벅뚜벅

온몸에 그리움 바르고
외로움의 지팡이 짚고

그대 향한 뚜벅이 걸음
뚜벅뚜벅

사랑의 세월 뒤로한 채
그리움의 안개 속으로

내 몸을
살포시 숨기네.

두고 떠났구나

새벽녘 계곡에
아름다운 소리 내며 흘러가는 물은

즐거운 노래 부르며
떠나는 줄 알았는데

너도 이끼를 남겨 두고
울면서 떠났구나

슬픈 너의 노랫소리 들으면서
떠나온 그 자리엔

물안개만
자욱하구나.

세월

가고
또 오네

기다리지 않아도 오고
싫어하지 않아도 가네

간들 무슨 변화가 있을까
온들 무슨 일이 일어날까

그냥 살았는데
헛살았네

그때는
몰랐네

나이가 쌓이고 무거워서
허리가 굽으니 알았네

바보처럼.

그대 향기 내 가슴에

그대와 거닐던 숲길
한 발자욱 한 발자욱 걸으면서

그대의 향기 한 움큼 움켜잡아
입속으로 흡입하고

또 한 걸음 걸으면서
한 움큼 움켜잡아 가슴속에 넣고 한다

아직도 그대의 향기가
숲길에 머무르고 있었다

가슴속이 향기로운 것 보면
그대의 향기 가득 담겼나 보다

가벼운 발걸음 안고
산에서 내려간다

그리움 두고
향기만 갖고 간다.

그리움 한 아름

파란 하늘에 정처 없이
헤매는 뭉게구름
한 아름 안아다가

이불 속통하고
조개구름 따다가
베갯속 통에 넣고

햇빛으로 실 만들어
상침질하고
달빛 따다가 그리움 수놓고

그리움 돌돌 말아
소라껍데기 속에 숨겨서
그대 머리맡에 두면

소라가 울 때마다
그대여 잠시만이라도
하늘 쳐다보소서.

그리운 엄마

고향 집 골목길
돌담에 기대어 서서 눈 감으면
코흘리개 녀석들이
왁자지껄 딱지치기하네
흘러내리는 코 훌쩍이며
딱지 내리친다

서산에 해 걸리고
땅거미가 스멀스멀
발등을 타고 오르면
하늘에 계신 엄마가 나를 부른다

저녁밥 먹으라고
깜짝 놀라서 감은 눈뜨니
어스름 저녁이다

고향 골목길에서는 눈만 감으면
엄마를 언제든지 만날 수가 있다
그래서 고향은 좋다.

냇가에 남겨둔 눈물

따사한 오후
시냇가 둔덕에 앉아

그대 그리워
흐르는 시냇물에

그리움의 편지
띄우고 또 띄워봐도

그리움 가시지 않고 지나가는
솔바람만 귓가를 맴돈다

오늘도 그대 그리워
눈물 한 방울 냇가에 남겨 두고

햇살 한 줌 훔쳐 주머니에 담아
힘없이 일어선다.

넘어가는 태양 따라 그리움은 솟아오르고

하늘엔 조각구름 외롭게 떠 있고
서산마루 넘어가는 외로운 태양은
붉은 껍질 벗겨 놓고
붉은 눈물 흘리며 사라진다

산그림자 발등을 찍을 때면
그대 그리워 온몸 떨려 온다
차가워진 발등
아랫목 이불 속으로 넣어
그리운 그대의 따뜻한 향기 느껴보려 하지만
가슴만 먹먹해진다

불 꺼진 방 안에는
나보다 더 외로운 이가 있다
무엇이 그렇게 원통한지
밤새워 벽에 매달려 슬프게
울어대는 초침 소리

너는 소리 내어 울고
나는 소리 없이 눈물만 흘린다.

눈물 한 방울

봄바람이 화사하게
볼끝을 스치고 지나갈 때

봄바람에 등 기대고
한참을 그대 생각하다가

눈물 한 방울
봄 향기 속에 살포시 놓고

두 주먹 불끈 쥐고 일어서며
그대 그리워한다.

떠나지 마라

꽃아 꽃아
어여쁜 꽃아 지지 마라

아끼는 우산 잃어버려도
비가 오면 눈앞에 아른거리는데

이쁘고 이쁜 너마저
눈앞에서 사라지면

슬퍼서 보고 싶어서
어떡하냐?

가슴 콕콕

그대가 던져 준 사랑
가슴으로 받아보니

핑크빛 사랑이 아니고
그리움이었네요

가슴 콕콕 찌르는
선인장 같은 사랑이었네요.

무서운 그리움

혼자서 방 안에 있으면
그리움이 나를 짓누르며
숨을 못 쉬게 하네

무서움이 싫어
어두움이 싫어
후다닥 문 열고 골목길 바라보니

담장 베개 삼아 누운
붉은 장미꽃 한 송이가

말없이 나를 쳐다보며
눈물 흘리네.

넌 누구냐?

달그림자 조용히 내려
명상에 잠긴 호숫가에

양반다리 꼬고 앉아서
하늘 쳐다보며 달에게 물어본다

먼 그곳에서 어떻게 호수 가슴에
살포시 안길 수 있는지

달이 나에게 말한다
어찌 그 먼 곳에서 나를 볼 수 있는지.

눈물로 그린 그림

겨울 찬 바람 잔잔하고
햇볕 내리쬐는 개울가
흐르는 물소리
청량하게 귓가를 스칠 때

물결 사이로
그대의 웃는 모습
그려지다가 사라지고
또 그려질 때

그 모습
내 가슴에도 그려지며
가슴 주위에 온통
멍으로 감싸지네

세월 지나가면
잊어지려나
하루 이틀 지나고
일 년 이 년 지나도

가슴속에
새겨진 멍 망울
지우지 못하고
또 세월 가기만 기다리며

그 자리에
주저앉아
흐르는 눈물로
그대 얼굴 그려보네.

돌담

천년 넘은 돌담 위에
푸른 이끼 돌담 감싸 안고

밤새워 울고 울어
메마른 이끼에 눈물 매달고
아침해 맞으며 푸르게 웃는다

타고 올라온 담쟁이 돌담에 빨대 꽂고
가을이면 이파리 빨간 꽃신으로 만들어
돌담에 꽃신 하나씩 붙여놓네

돌담엔 이끼도 사랑을 나누자고 들러붙고
담쟁이도 귀찮게 찔러댄다
돌담은 말이 없다.

들꽃

봄비에 맞아
온몸 떨며 우는 들꽃

불어오는 봄바람에
온몸을 파르르 떨며
눈물 방울방울 맺힌 들꽃

해 뜰 때
눈물방울 매달고
말없이 슬피 쳐다보는 들꽃

해질 때 두 눈 지그시 감고
말없이 흔들리는 들꽃

밤이면 두 눈 깜빡이며
하늘에서 내려온 별빛
온몸으로 감싸 안으며
고개 숙인 들꽃

나도 너 닮아서
바람이 불든 세월이 가던
말없이 고개 숙이고

머리에 내려앉는
서리 같은 흰 머리카락
손가락 사이로 쓸어
넘기기만 하네.

말없이 미소만 지으셔도

추녀 끝으로 흘러들어온 별빛 하나가
풍경 속 물고기 꼬리 스치고는
살포시 대웅전 문틈으로 새어들어

부처님 손바닥에 살포시 앉아
부처님의 인자하신 미소를
물끄러미 쳐다보네

아무 말씀 없이 미소만 지으시니
보는 이의 마음속에서
스스로 행복을 얻고

스스로 깨닫고 그러다가
행복을 안고 감사한 마음으로
이 세상 살아가게 하는 인자하신 미소.

먼지처럼 사라지는 인생

아침 해 살포시 비칠 때
상고대 사라지듯이
흔적 없이 남김없이
사라지는 게 인생인가

실금 간 항아리에서
물이 새어 나가듯이
그렇게 서서히
사그라드는 게 인생인가

시냇가 바윗돌이
바람에 톱질 당하고
흐르는 물에 톱질 당하여
서서히 없어지듯이

내 인생도 떨어지는
비와 바람 맞으며
흐르는 세월에
깎여지고 깎여져

그냥 지구란 별에
잠깐 들렀다가
먼지 되어 떠나는 게
인생인가 보다.

목련

돌담 너머에 하얀 드레스 입고
방긋방긋 웃으며 손짓하는
아름답고 사랑스런 여신

추운 겨울바람 이겨내고
아침저녁 쌀쌀한 바람 맞으면서도
아침 햇살 받으면 활짝 웃는 사랑스런 너

돌담길 돌아갈 때마다
웃고 또 웃으며 나를 보며 손짓하네

그냥 지나칠 수가 없어서
보조개 깊숙이 패일 정도로
웃음만 나누고 지나간다.

비룡산 회룡대에서 회룡포를 보면서

육지의 섬 회룡포
휘감아 도는 흰 백사장
백사장 사이로 강물이 흐른다

섬에는 논과 밭 사이로
집 몇 채가 여유롭게
비 맞으며 가을을 기다린다

비룡산 회룡대에 앉아서
멀리 내려다보니 너무너무 아름답고 평화롭다

천년고찰 장안사 풍경소리가
비룡산 넘고 뿅뿅다리 건너 회룡포에 도착할 때면

회룡포 마을에서는
굴뚝에 연기 피워 저녁을 알린다.

사랑해도 되는 나이

가을바람 타고 온 단풍잎 하나
살포시 어깨에 앉네

왜 이리 무거울까
세월이 흐를수록 무거워지네

단풍잎 떨어지는 소리
귓가에 들린다면

그대는
한창 사랑할 나이다

단풍잎 떨어지는 소리가
슬프게 들린다면

그대는 아직도 눈물이 남아 있어
사랑해도 되는 나이다.

구름처럼 떠나자

참 열심히 살았는데
참 열심히 살아왔는데

세월 가고 시간 지나고 나니
허무하고 남는 것이 없다

무엇을 하고 살았는지
무엇을 위해서 살았는지

왜
여기까지 왔는지

어디로 갈지
어디로 가는지

알 수도 없고
알 필요도 없으니

오늘도 비움
비우고 비워서

구름처럼 둥둥 떠서
바람 부는 데로 바람 따라가자.

그대여 살아지기 전에 오소서

너무너무 조용한 밤
산사 뜨락에서
귀뚜라미 소리 온몸에 바르고
달빛으로 샤워하고

소슬바람으로 온몸 닦으며
흙 내음 향수처럼 뿌리고
뜨락에 조용히 앉아 그대를 기다린다

그대여

그대 그리움에 이 가슴 숯 되어
바람에 흩날려
모두 사라진다면 너무 슬퍼요

그대여
나
그대 그리워하다가
숯 되어 사라지기 전에 오소서.

그대는 내 사랑

서산에 해가 뉘엿뉘엿
넘어가면서 산그림자가
내 발등을 찍을 때쯤

어제저녁에 사랑한 알코올이
내 콧등을 때리고
어렴풋이 푸른 병이 그리워지네

푸른 병마개
뻥 소리 내며 따고 보면

사르르 꽃향기가
나의 목구멍을 자극하네

나도 모르게 손끝은
빈 잔에 가득 채우고 마네

잔 속에 가득 찬 알코올이
찰랑찰랑 나를 유혹하고

나도 모르게 입술 겹쳐서
진한 사랑을 나누네

한 잔이 두 잔을 부르고
두 잔이 사랑을 부르면

나의 행복은 극에 달하고
그대에게 두 무릎 꿇고 사랑을 고백한다

혀가 꼬이도록
사랑을 고백한다

그대를 만나면 항상
밤늦도록 사랑한다.

그리움

이른 아침 녘 나뭇가지에 앉아
이슬 터는 산새 날갯짓 소리에
후두둑하고 떨어지는
이슬방울에 맞아

소리 내며 젖는 낙엽 내음에
가슴속 그리움이
썩은 낙엽 냄새와 뒤섞여
코끝을 자극하네

그대 그리는 내 눈물
썩어가는 낙엽 위에
떨어뜨려 놓으면
그리움 없어지려나

오늘도 그대 그리움에
눈물마저 가슴으로 흘러야 하네.

그리움 한 땀

햇빛도 쨍쨍한 호미곶 끝자락
바람도 잠자고
구름도 쉬어가는 바닷가

호수 같은 잔잔한
바닷가 갯바위에서
내 마음 비춰본다

거울 같은 바다에 내 마음 비춰보니
그리움에 멍든 내 가슴 그대로 투영되어
푸르게 멍이 들었네

갯바위에 삐걱삐걱하며 와닿는 물소리
내 가슴 한 자락에 그리움 와닿아
사각사각 갉아먹는 소리 같다

비우러 온 바닷가에서
바닷물에 절여진 햇빛 한 줌 넣어
오늘도 그리움 한 땀 담아 간다.

*호미곶 : 포항 호랑이 꼬리 끝자락(호미곶 상생의 손 자리함)

봄아

난
너에게 스며들지 못했는데

넌
이별을 고하는가.

꽃향기야

스치고 지나가지 마라

너 스치고 가면

눈물은 흐르지 않아도

가슴은 젖는단다.

그대가 돌담 위에 두고 간 키스 마크

가을 햇살이 빨간 단풍 만들 때
돌담에 기대어 눈 감으니

그대가 빨간 단풍잎 타고
돌담에 앉아 나를 바라보네

눈 비비고 바라보니 빨간 단풍잎
가을바람에 까딱까딱하며 인사하네요

그대 빨간 단풍에
키스 마크 찍어 놓고 떠났네요

오늘 밤도 그대 생각하며 외로운 단풍잎 하나
가슴에 안고 사랑의 밀어 나누어야겠어요

사랑하니까
그대가 그립다고.....

그대가 술 먹는 이유

그대는 나 보고파
그냥은 잠 못 들어
술을 마신대요

약한 술은
취하지 않아서
독한 술을 마신대요 글쎄

그런데요 그런데요
요즈음은 술로는
취하지 않는대요 글쎄

그래서
지난 추억 생각한대요
나와의 사랑스럽던 추억

그러면
취해서 잠이 온대요

바람난 꽃 무릇

그대 그립다고 핑계 대고
속 비우고 머리에 빨간 모자 쓰고

도도한 척
그대 그리워하는 척

머리 치켜들고
하늘만 바라보네

그립다는 그대는 발밑에 있는데
먼 하늘만 보니 얄밉구나

천년을 기다려도
오지 않은 님이었지

또 천년을 기다려도
그대는 오지 않는다네

그대를 발밑에 버리고
꽃단장하고 혼자 나와서

머리 치켜들고
그대 그리운 척 하늘만 바라보네.

가을이 떠나면

솔바람 한줄기
단풍나무 어루만지면
우수수 단풍 비 내린다

가을
가슴 떨리지만

잠시

가을 가면
나무도 옷 벗고
추위에 떨고

나는 외로움에 떨다가
그리움의 옷 입고

두껍게 껴입어도
추위에 떨겠지.

그리운 어버이날

내 가슴속에는 그대로인데
소풍 가신 어버이 다시는 오시지 않고

카네이션꽃 보고
그리워하면 뭣하냐

살아계실 때에는
몇 천년 사실 줄 알았는데

정신 차려보니 떠나시고
가슴속에만 있네

되돌릴 수 없는 세월
돌아갈 수 없는 세월

내가 벌써 어버이 됐네
어버이날 없애면
그리움 살아질까

어버이날 없애자고
대모나 해볼까?

꽃 방석

하늘하늘 봄바람 부는 날
운동장 끝자락에

활짝 핀
벚꽃나무 한 그루

지나가는 봄바람에
나폴나폴 꽃잎 떨어져

구름도 바람도 쉬어가라고
꽃 방석 깔았네

밤이면 달님도 앉고
별님도 쉬고 가겠지

남은 자리에는
그리움도 한자리하면서

지나간
그 겨울 그리워하겠지.

그대 얼굴

하늘에서는 햇빛이 정수리를 내리치고
외로움은 가슴을 찍어 누르고

바람은 그대 향기 싣고 와서
콧속을 누비는데

나는 그리움에 절어
온몸 꼼짝 않고

마룻바닥에 너부러져
눈 감고 한쪽 눈으로만

껌뻑껌뻑 하다가
주르르 흐르는 눈물

검지손가락으로 눈물 묻혀
마룻바닥에 그대 웃는 얼굴 그려본다.

그리움 주머니 넣고

그대와 단둘이서
손잡고 거닐던
바닷가 모래사장에서

이리 뒹굴
저리 뒹굴 하다가 보니
온몸에 모래가 범벅이네

이리 털고
저리 털어 봐도
떨어지지 않는 모래알

하나둘 엄지와 검지로
짚어보니 한 알은 외로움
또 한 알은 그리움이네

그대 잊힐까 봐
가슴 주머니에
차곡차곡 넣어서

파도 소리 뒤로하고
소슬바람 밟으며
떠나왔네.

기다림 1

가슴속에 사무친 그리움
나 혼자 가슴치고 울다가

먼 훗날에
당신이 물으시면

울지도 않고
기다리지도 않았다고

그냥 가슴이 숯검댕이 되고 나니
당신 만났노라고.

허공 속 그대

골목길에 스산한 바람이
내 가슴에는 슬슬한 그리움이

뼈 속을 파고드는 그리움
아메리카노 커피 한잔

두 손으로 잡고 먼 허공을 향해
살포시 미소를 띠어보네

밤새 꿈에도 나타나지 않던
그대가 여린 눈물 속에서

따뜻한 미소를 보내며
슬픈 웃음을 띠네.

흔들지 마라

아침 가을바람이 솔솔 창틈을 타고
코끝을 스치는 소리에 깜짝 놀라

창가에 우두커니 서서 아침이슬 귀걸이하고
코스모스 한들한들 두 손 흔들며 눈물 흘린다

찬바람 속에 외로이 흔들어 대는 가냘픈 코스모스
누구를 기다리나 너 마음 난 안다

흔들지 마라 코스모스야
너무 흔들면 세월 빨리 가서 겨울 빨리 온단다.

그리움도 비워야 행복인 거야

하나밖에 없는 지구에서 같은 하늘 보며
하나밖에 없는 태양빛을 받으며

쏟아지는 별빛 같이 품으며 산다는 것은
떨어져 있어도 같이 있는 거야

그대가 내쉰 숨 공기에 섞여 있다가 내가 들이쉬고 내뱉으니
우린 같이 살고 같은 공간에 있는 거야

그리워도 그리워 말고
보고 싶어도 참으면서 사는 거야

이승에서 떨어져 있어도
저승에서는 붙어 있을 수 있잖아

비우면서 살아가는 것
그리움도 비울 수 있어야 행복인 거야

별은 아름답다

서산 넘어 붉은 노을이 하늘 덮으면
서산은 서서히 검게 변한다

하늘과 서산 사이에
아름다운 능선이 그려진다

하늘도 서산 닮아 검게 변한다
하늘과 서산 검게 변하며 하나가 된다

하나가 되어도 별은 하늘에만 뜬다
서산엔 별이 뜨지 않는다

별은 하늘도 비추고 서산도 비추고
내 가슴에도 가득 찬다

그래서 별은 아름답다.

가는 세월

흐르는
눈물

방울방울 떨어뜨려
지난 추억 구멍 뚫어

그리움 알알이 엮어서
목에 걸고 있으니

발길은 떨어지지 않고
그 자리인데

흐르는 세월은 비껴가지 않고
끊임없이 안고 가는구나.

그대는 지나가지 않고

처음엔 그대가 지나가는
봄바람인 줄 알았는데

봄바람 가슴에 안고 보니
뜨거운 여름 바람이었네요

곧 쌀쌀한 가을바람이
옷깃을 여미게 할 줄 알았는데

그대는
지나가지 않고

내 가슴엔 뜨거운 여름 바람으로
자리 잡고 말았네요.

그리움의 바다

낙엽 떨어지고
스산한 바람이
휩쓸고 간 공원 벤치에

아메리카노 커피 한잔
손에 들고 그대의 따사한
사랑의 온기 느끼려고

두 손 모아 잡으며
두 눈 스르르 감고
그대 생각하니

그대가 안아 주던 따사한
사랑의 온기가 온몸으로
퍼지며 그리움이 휘감아

그 자리에서 망부석처럼
오늘도 그대 그리움의 바다에
헤엄치고 있네요.

기다릴게요

내 임이여!
어스름 저녁녘에
잠자리 날개 타고
내게로 오세요

난
자그마한 연못 가에서
서산에 핀 노을 보며
그대 기다릴게요

봄에 못다 핀
장미꽃 한 송이
오른손에 들고

뭐가 그리도 급한지
가을도 아닌데 피어버린
코스모스 한 송이
왼손에 들고

그대 기다릴게요
그대 기다리다가
더위에 지치면

노랑나비 한 마리
날개 접어서 부채질하며
그대 기다릴게요.

꽃잎의 울음

비 오며 바람 불어
꽃잎 떨어져
땅 위에 뒹굴고

지나가는 너 나
아무 생각 없이
밟으며 지나가고

밟힌 꽃잎은
눈물 머금고
그 자리에 그대로

조용히 두 눈 감고
내년을 기약하네

꽃잎 떨어진
그 자리에

그리움 한 자락
남겨 두고
조용히 떠나네.

두 눈 뜨니 조용하구나

밤 깊은 산사에 앉아
조용히 두 눈 감고
두 귀를 열어본다

산새도 잠들고
달님도 서산 넘어 꼬리 감추고
별빛만 초롱초롱 나를 바라보네

풍경소리도
귓전을 울리고
소슬바람도 귓불을 만지는데

다들 조용히 잠든 줄 알았는데
나 혼자만이 그리움에 잠 못 이루는 줄 알았는데

너무 많은 친구들이
나와 함께하는구나

조용한 산사가 너무 시끄러워서
두 눈 번쩍 뜨니
그때야 조용하구나.

별빛으로 가슴 문지르며

엄동설한 긴긴 겨울밤이면
그대 그리워 계곡 속으로 숨어든다

얼음 속에 숨어서
흐르는 물이랑 같이 운다

들릴랑
말랑

칼바람 불어오면
우는 울음소리 얼어붙을까

얼음 이불 덮고 또 덮으며 운다
그믐날 저녁에는 마음 놓고 운다

얼음 물에
그리움 씻으며 운다

별빛으로
가슴 문지르며 운다

소리 없이 운다.

님의 향기

봄바람 불어 따사한 어느 봄날
창가에 스치고 지나가는
그대의 모습 어렴풋이 보여

창문 열고 보니
봄바람이 앞산에 핀
진달래꽃 향기 한 아름 안고

창가 스치며
님의 향기
흩뿌려 놓고 가네요

흠흠 이 향기는
님 손잡고 진달래꽃 구경할 때
님 향기인데

돌담 넘어 하늘에 핀
뭉게구름에 내 가슴 묻어 두고
임 생각에 멍해진다.

봄비 오는 날 뜨락에 앉아

봄비가 주룩주룩 내리면서
돌담 옆 감나무 때리면

감나무 잎은
알 수 없는 울음소리 낸다

빗방울 사이로
봄바람 불어 감잎을 감싸면

감잎은 소리 없이
눈물방울 훔치며 살랑살랑 손짓한다

뜨락에 앉아 쳐다보던 나그네는
말없이 눈물방울 주름 속에 감춘다.

비와 커피 향

이렇게 주룩주룩 비 오는 날엔
커피숍 창가에 앉아

창으로 흐르는 빗물 가슴으로 받으며
소리 없이 울어본다

하늘도 흐느끼고
창문도 주룩주룩 눈물 흘릴 때

피어오르는 커피 향이 콧등을 적시고
흐른 눈물이 가슴에 가득하여

흐느끼는 비와 커피 향에 취해서
망부석이 된다.

사랑만 하자

솔바람 서산 넘어 언덕배기 지나
호숫가에 달빛 머무를 때

그대랑 손잡고 호숫가 거닐며
사랑의 언어 속삭이네

맞잡은 손가락 사이로
사랑이 스멀스멀 타고 오른다

달빛 타고 별빛 흐르듯이
사랑의 언어 속에 그리움이 흐른다

오늘같이 솔바람
불어오는 날엔 사랑만 하자.

음계가 터지는 날

하늘이 구름으로 덥혀
햇빛이 비치지 않는다

천둥소리가
귓전을 때린다

비가 온다
비가 감나무 잎을 사정없이 때린다

운다
비에 맞은 감잎이 운다

음악을 튼다
음계가 빗소리 사이로 흐른다

빗줄기 사이로 흐르던 음계가
빠져나가지 못하고 빗방울에 맞는다

끊어진다
음계가 끊어진다

구름 사이로 살포시
햇빛이 보인다

일어선다
나그네는 다시 걷기 위해서

파도

무슨 한이 많아서
밤이면 큰 입 벌리고
흰 이빨 드러내고 으르렁거리면서

갯바위 물어뜯으며
온몸 박살 내고 울다가
소리 없이 조용히 사라지는 파도

검은 밤 헤집고
잡아먹을 듯이
소리 지르며 백사장 덮치다가

소리 없이
흔적도 없이
백사장 가슴속으로 사라지네.

가슴에 핀 꽃

그리움 내려
꽃을 때리니
꽃잎 떨어져
꽃비 내리네

꽃비 맞으니
그대가 보낸 그리움
내 가슴 파고들어

그대 보낸 그리움
꽃 한 송이로 몽우리 지니
그대여 꽃잎 진다 슬퍼 마오

그대는 내 가슴에
한 송이 꽃이 되어
피고 있으니까요.

가을엔 사랑하세요

가을바람에
춤추던 빨간 단풍잎
이끼 낀 돌담에 사뿐히 앉아
그대가 벗어 두고 간 꽃신 같아요

가을엔
이끼 낀 돌담에는
이쁜 꽃신 여기저기서 유혹해요

가을 가기 전에
돌담에 벗어 두고 간
마음에 드는 꽃신 하나
가슴에 품으세요

가을엔
예쁜 꽃신 하나
가슴에 안고
아름다운 사랑하세요.

겨울바람에 베인 가슴

겨울 찬바람이
가슴 스치고 지나가면
그리움이
칼날에 베인 듯 아파요

그대 보고 싶음을
가슴속 저 밑에 숨겨 두었는데
겨울 찬바람이 끄집어내네요

그리움 밖으로 나오면
눈가엔 눈물이 흐르는데
여름날 비 오는 날이면
비 맞으며 울지 않는 척했는데

겨울엔 찬바람만 불어 숨길 수가 없네
달 뜨는 밤에 달빛으로 베인 가슴 꿰매고
별빛으로 꽁꽁 묶어 봄이 올 때까지
칼바람 맞지 말아야겠다.

그대 향기

동구 밖 늙은 감나무 푸른 이파리
세월에 물들어 붉게 변하듯이

그대 그리움이
내 눈동자에 물들어 반짝반짝 빛나다
눈물 되어 흘러내린다

오늘 밤엔 그대가 달빛 되어
다정하게 날 비춰줘
가슴이 다 녹아내리네

흘러내린 가슴
달빛으로 문고리에 묶어 두고
오가며 그대 향기 느껴야겠다.

그대가 생각나는 봄

그대의 향기가 생각나는 봄
춤추는 봄 향기
아지랑이 한 움큼

그대에 부치려고
봉투 속에 넣고
키스 마크 찍으려고 보니

파아란 새싹이
양손에 사랑 마크 들고
생긋이 웃으며 올라오네요.

그렇게 살자

그리워해도 그리워해도
그리움이 남았다면
그리워하지 말자

하늘 구름 벗 삼고
들판에 널려 있는
바람과 꽃을 벗 삼아

하늘 보고 웃으며
들판 보며 미소 짓고

좋아한다
사랑한다고 하며

그렇게 그렇게
그리움 밀어내자

자연과 사랑하며
그렇게 살자.

봄이 오면

봄바람이
강바람 안고

산속 대웅전 처마 끝자락에
쉼 하며 봄을 전할 때

풍경 속 물고기 꼬리치면
온몸 떨며 울음 토해낸다

풍경소리
계곡 따라 너울너울 흐르면

진달래꽃 능선 따라
얼굴 붉히며 가슴에 안기네

풍경소리 진달래꽃 향기 안고
살포시 그리움도 함께하네

이 봄에 비워진 가슴엔
그리움이 꽉 차네요.

따뜻한 겨울나기

찬바람 온몸 스치고 가면
가슴속 그리움은
내 마음 때리고

칼바람 불어
오들오들 떨리면
가슴속에 숨겨 놓은
사랑 끄집어내

따뜻하게 데워서
가슴에 안고 오늘 밤
행복하게 보내고 싶다.

떠나고 싶다

따뜻한 봄날
숲속에서 불어오는
솔바람 타고
웅장한 폭포수 속으로
몸을 맡겨본다

폭포수에서 피워 오르는
물안개 속으로
내 마음 태워
푸른 하늘로
여행 떠나본다

그냥
그렇게
떠나고 싶다.

봄 춤

따사한 봄바람
강가를 산책할 때
나도 봄바람 따라
강가 조약돌 위를 걷는다

짜그락짜그락 발밑에서
조약돌 봄노래 한창이고
봄노래 부르던 조약돌 하나
목이 메어서 소리 죽일 때

조약돌 하나
강물에 던져본다
조약돌 품에 안은 강물
봄바람 따라 잔잔한 춤을 추네

나도 강물 따라
어깨춤 춘다
봄은 강가에도 강물에도
내 어깨에도 가득하네.

봄의 미소

풍경 소리가
대웅전 처마 위에 앉아
봄맞이할 때

산등선 자락에 핀
진달래꽃 향기가

봄바람 손 마주 잡고
풍경소리 마중 가면
봄노래 흥얼거리고

대웅전 부처님 미소가
합장한 손바닥 사이로
슬며시 파고들어 가슴에 닿으니

합장한 그대의 입가에
부처님 미소 닮아간다.

봄의 소리

피어오르는 아지랑이
한 움큼 귓가에 대어보니

그리운 그대의 목소리
봄이 오는 소리가 귓전을 때린다

언 땅 헤집고 올라오는 소리
서로서로 반갑다고 속삭이는 소리

가슴을 헤집고 올라오는 소리
그리움의 소리

봄의 소리가
가슴속으로 스며든다.

붉어지는 가슴

청마루에 앉아서
서산에 넘어가는 붉은 해
옆 눈길로 멍하니 바라보는데

서산은 불타는데 내게로 온
긴 그림자는 검구나

검은 그림자가 나를 짓누르는데
내 가슴은 붉어지네

그리움이
내 가슴을 붉게 불태울 때

눈가에는 눈물이
입가에는 한숨 소리가 흘러내린다.

비의 슬픔

하늘에 구름이 햇빛을 가릴 때에
가슴이 답답하고

구름이 비 되어 양철지붕을 때릴 때
양철 울음소리에 가슴이 울리고

지붕을 굴러내려 추녀 끝에서
힘없이 떨어진 빗방울이
주춧돌을 때릴 때 내 발등은 아프다

흘러내린 빗방울이 물이 되어
마당 끝자락에 작은 돌 틈 사이로 사라질 때

봄바람 불어와 돌담 사이에 수줍게 핀
개나리꽃에 봄소식 전하네.

빈 잔으로 가을 채우네

봄부터 빈 잔 들고 서성인다

봄에는 날아다니는 나비 한 마리
빈 잔 손잡이에 앉았다가 봄바람 따라 떠났고

여름에는 지나가는 소나기 한 방울
빈 잔 때리고 사라지네

가을엔 떨어지던 단풍잎 하나
빈 잔에 머리 박혀 꼼짝을 못하네

빈 잔엔 가을만 한가득하고
가슴엔 그리움만 채워지네

빈 잔으로 추억만 가슴에 가득 채우고
동면 준비하네.

모두가 아름다운데 그땐 몰랐네

봄이 가면 여름이 오고
꽃이 피면 지고
푸른 잎 단풍 들면 떨어지고

사랑하다가 헤어지면 이별이고
이별 후에는 미워지고
미워하다가 그리워지고

그러다가 세월 흐르고
세월 흐른 후에 늙으면
지나간 청춘이 그리워지네

오고 가는 것이 당연하건만
청춘일 때는 느끼지 못하고
가는지 오는지도 모르고 살았네

늙은 후 알았네
가고 오는 것이 아쉽고
아름답다는 것을.

가져간다

버려라!
비워라! 하지만

난!
가져간다

그대와의 사랑만은
가져간다

두고 가면
그대가 너무 힘들 것 같아서

민들레

햇볕 쨍쨍 내리쬐는 언덕에
단아하게 핀 민들레 한 송이

두 팔 벌려 햇빛 받고
바람에 홀씨 날리며

아침저녁
이슬 먹고 자란 너는

미세 먼지
날아와도 웃고

오존이 머리 위에 비춰도
두 팔 벌린 너는

꽃말처럼
그리워하는 마음으로 활짝 웃고

두 팔 벌리고 감사하는
마음으로 살아가는구나.

바위가 되리라

바닷가 모래 밭에서
그리움 하나 집어 들고
귓가에 대어 보니

님의 목소리가 들리네
철썩철썩하고
그리움이 한 장 한 장 넘어가네

쏴~~아 하고
마음속 깊이 묻어둔 님이
파도처럼 나를 철석이네

난 그 자리에서 바위가 되네
보고 싶으면 님이 나를 찾으라고

매일 철썩거리면서
울분을 토하라고 ……

별빛 있어도 어두운 밤

서산에 해 넘어가고
해그림자 발등을 덮으며
붉은 노을 살포시 사라지면

하늘에 반짝이는
별 하나 외로이 뜰 때
그대 그리움 한 자락
살포시 별빛에 걸어두고

문지방에 쪼그리고 앉아
그대 계신 하늘 바라보니
별 하나가 조각조각 나
눈물 속으로 감춰지네

별 품은 눈물 한 방울 툭 하고
문지방을 때리니
하늘에 별도 사라져
어두움만 방 안 가득하다.

붉게 물드는 봄

봄 향기
코끝을 자극하며
홍매화가 나를 유혹할 때

따끈한 커피잔 옆에
홍매화 꽃잎 하나 두고
나는 그대를 그리워한다

서산으로 넘어가는
붉은 노을 끌어안고
헤매다가 잠 못 드는 밤

붉은 노을 탓일까?
향긋한 봄 커피 탓일까?
그대 그리움 탓일까?

답 못 찾고 붉게 뜨는
아침 해에 붉어진
눈동자만 아파져 온다.

눈물로 시를 쓴다

박흥락 제2시집

2024년 10월 23일 초판 1쇄
2024년 10월 25일 발행
지 은 이 : 박흥락
펴 낸 이 : 김락호
디자인 편집 : 이은희
기 획 : 시사랑음악사랑
연 락 처 : 1899-1341
홈페이지 주소 : www.poemmusic.net
E-Mail : poemarts@hanmail.net

정가 : 12,000원
ISBN : 979-11-6284-565-3